나를 따라온 감자

나를 따라온 감자

초판 1쇄 발행 | 2016년 07월 25일
4쇄 발행 | 2024년 05월 4일
지은이 | 정승희
그린이 | 민경숙
펴낸이 | 최윤정
펴낸곳 | 바람의 아이들
만든이 | 최문정 이창섭 이민영 양태종 이소희
등록 | 2003년 7월 11일(제312-2003-38호)
주소 | 03035 서울시 종로구 필운대로116 신우빌딩 5층
전화 | (02)3142-0495 팩스 | (02)3142-0494
이메일 | barambooks@daum.net
제조국 | 한국
구독 연령 | 7세 이상

ⓒ 정승희 2016

ISBN 978-89-94475-76-9 44800
978-89-90878-15-1 (세트)

나를 따라온,
감자

정승희 글 | 민경숙 그림

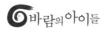
바람의아이들

차례

이상하고
이상한 길

"휴우ㅡ."

한숨이 나온다.

길은 끝없이 이어지기만 한다.

우리는 분명히 보이지 않는 끈에 묶여서 어딘가로
끌려가고 있는 게 확실하다.

빛이라고는 한 줄기도 보이지 않는다. 창밖은 깜깜
하기만 하다.

지금 우리는 시골 길을 계속 달리고 있는 중이다.

언제까지 이렇게 가야 할까.

흔들흔들, 덜컹덜컹…….

아무리 시골이지만 집 안에서 흘러나오는 빛이 있을 텐데…….

멀리서라도 그 불빛이 보일 텐데…….

여기는 아무것도 보이지 않는다. 그러니까 아무도 살지 않는 거다.

아무도 살지 않는 곳에 있는 산장이라니…….

우리는 오늘 밤 그 산장으로 잠을 자러 가는 중이다. 나는 아무리 생각해도 엄마, 아빠를 이해할 수 없다. 얼굴도 모르는 어떤 할머니 말만 믿고 그 집을 찾아가다니.

엄마는 만날 "낯선 사람을 따라가면 안 돼! 할머니, 할아버지라고 해도 절대 쫓아가면 안 돼! 얼마나 무서운 세상인 줄 아니?"라고 했다.

그렇게 말했던 엄마가 길가에 아무렇게나 놓인 작은 팻말에 '할망 산장'이라고 써진 표지판을 보고 전화를 하다니. 정말 이해가 안 된다. 달랑 전화만 해 보고 거기로 간다고 하다니.

"아빠, 멀었어?"

정은이가 칭얼대기 시작했다. 벌써 10시가 넘었으니 당연하다. 정은이는 9시면 곯아떨어지는 애인데 지금은 10시가 훨씬 지났으니까.

아직까지 우리들은 잘 곳이 없어 이렇게 차 안에서 덜컹거리고 있다. 여섯 살 정은이는 졸려서 더 힘들 거다.

"음…… 조금만 더 가면 될 거야."

엄마가 정은이를 달랜다. 정은이는 카시트 속에서 머리를 옆으로 기댄다. 엄청 졸린가 보다.

우리는 지금 어둠 속을 달리고 있다. 아니다. 우리

가 달리는 게 아니라 우리 차가 달리고 있는 거지. 아빠의 낡아 빠진 갤로퍼 승용차가 말이다.

덜컹, 온몸이 흔들린다. 큰 돌이 바퀴 밑으로 지나가는가 보다. 창밖을 보니 나무들이 머리를 축축 늘어뜨리고 우리를 쫓아오는 것 같다. 손을 흔들면서 달려드는 것 같다. 무서워서 고개를 돌렸다.

얼마나 달렸을까? 시간도 진짜 안 간다. 엄마는 그 할머니에게 또 전화를 걸었다.

"그런데 할머니, 얼마나 더 가야 되는 건가요?"

"……."

"오른쪽에 집이 보이면 왼쪽으로 꺾어 들어오라고요? 예, 알겠습니다."

엄마는 의심 없이 대답을 한다. 오늘 밤에 잘 곳이 생겼기 때문에 무작정 간다고 말한다.

"엄마, 아직도 멀었어?"

정은이의 잠이 꽉 찬 목소리.

"응, 조금만 가면 나올 거야."

엄마는 정은이를 안심시킨다.

"엉터리!"

나는 도저히 참을 수가 없다.

"엄마는 엉터리야! 이상한 할머니 말만 믿는 순 엉터리!"

나는 옆으로 팩, 돌아앉았다. 바로 앞 조수석에 앉아 있는 엄마한테는 보이지도 않았다.

'이번 여름휴가 때 새 수영복을 사 주기로 약속해 놓고 또 어기는 엉터리! 누군지도 모르는 이상한 할머니 말만 믿고 따라가는 바보 멍청이!'

나는 엄마 뒤통수를 콕, 때려 주고 싶었다.

"시은아, 이상한 할머니가 아니라 산장 주인 할머니라고. 알았어? 우리가 오늘 잠을 잘 수 있는 산장!"

엄마는 뒤를 돌아보지도 않고 말한다.

"산장이 어디 있어? 이렇게 깜깜한데. 아무것도 없 잖아. 집도 안 보이고. 사람도 안 보이고. 귀신만 나 올 것 같다고."

"저런 멍청이! 지금은 밤이니까 안 보이지!"

엄마가 나한테 멍청이라고 했다. 으 짜증 나. 수첩 을 꺼냈다.

* 여름휴가 때 엄마가 욕 씀
  8월 4일 한 번 (어제) -- 바보
  8월 5일 한 번 (오늘) -- 멍청이!
  ----> 합쳐서 두 번

이제 내일까지 합쳐서 세 번 욕을 하면 엄마는 나한테 꽥, 이다. 김포 할머니한테 일러 버릴 거다. 얼른 수첩을 닫고 나서 엄마한테 다시 말했다.

"정말 답답해. 밤이니까 불빛이 더 잘 보여야 되잖아. 그런데 어디를 봐도 깜깜하잖아. 여기는 아무것도 없다고! 무섭단 말이야."

"시끄러워! 그렇잖아도 힘든데 왜 너까지 힘들게 해!"

엄마는 내가 무슨 말만 하면 시끄럽다고 한다. 기분 나쁘게.

"조용히 해!"

아빠가 드디어 소리를 질렀다. 나는 입을 다물었지만 눈은 더 올라갔다. 아빠는 성격이 급해서 차를 험하게 모는 게 특기다. 평소에는 말도 잘 못 하는 소심한 성격인데 차만 타면 180도로 변한다. 앞에 차가 끼어들기라도 하면 참지 못하고 부왕－, 하고 달려가서 꼭 다시 끼어든다. 하지만 지금은 험하게 운전할 수도 없다. 가로등 하나 없는 이상하고 이상한 길을 가고 있으니까.

그래도 조용히 하는 게 나을지도 모른다. 아빠가 운전 잘못해서 낭떠러지에 떨어지면 큰일이니까.

'약속도 지키지 않는 순 엉터리 엄마에, 화만 내는 아빠랑 여름휴가를 온 게 잘못이지.'

조용히 내 품에 안겨 있는 까미가 까만 플라스틱 눈을 반짝이며 나를 쳐다본다. 까미는 작년에 엄마가 내 생일 선물로 사준 강아지이다. 그때도 진짜 강아지를 사 준다고 약속해 놓고 털로 만든 인형 강아지를 사 줬다.

그래도 까미가 있어 줘서 다행이다. 내 비밀을 들어 주는 유일한 친구니까.

"아휴, 이렇게 길도 험한 곳에 산장이 있나? 이 길이 맞긴 한 건지, 원. 돌아갈까요? 여보?"

엄마도 조금 이상한 생각이 들었는지 걱정스럽게 물었다.

"돌아가긴. 어디로?"

아빠는 유리창에 바짝 얼굴을 들이대고 말했다.

나는 까미의 까만 머리털을 쓰다듬었다. 까미가 내 품속으로 파고든다. 무서운가 보다. 나도 무섭기는 마찬가지이다.

"이상하네. 뭐가 하나도 안 보여. 가로등도 없으니 어디쯤인지도 모르겠고."

아빠도 운전을 하다 말고 투덜댄다.

"글쎄, 조금 이상하긴 하네요. 돌아갈까?"

"가긴 어딜 가? 갈 데도 없어. 다시 전화나 해 봐."

엄마의 말에 아빠가 한마디 한다. 우리는 점점 이
상한 곳으로 끌려가고 있는 것 같다. 보이지 않는 끈
에 묶여서 말이다.

잘 있을까?

김포 할머니는 아빠의 엄마다. 그러니까 친할머니다.

그리고 엄마의 엄마인, 외할머니는 지금 경기도 이천에 계신다. 외할머니는 몸이 좋지 않아 몇 달 동안 우리 집에 와 계시다가 가셨다. 엄마는 형제자매가 없는 외동딸이다. 그래서 외할머니가 아프시면 엄마가 할머니를 모셔 온다. 하지만 엄마는 외할머니를 별로 좋아하지 않는다.

외할머니는 우리랑 함께 여름휴가를 오지 않았다. 멀미가 많이 나서 싫다고 하셨다. 우리만 다녀오라고 하셨다. 그래서 할 수 없이 아빠가 외할머니를 이천에 모셔다 드리고 여행을 왔다.

하지만 나는 안다. 이천 할머니가 왜 여행을 함께 오시지 않았는지.

할머니는 여름만 되면 방 안에 들어가셔서 나오지 않으신다. 여름 햇빛이 눈에 들어와 눈을 콕콕 찔러 대서 아프다고 하셨다. 밖에는 아예 나가시지 않고 방에 누워 꼼짝을 하지 않으신다.

엄마는 한 달에 한 번씩 한마음 병원에 가서 할머니 약을 지어 온다. 엄마는 할머니가 우울증에 걸리셨다고 했다. 특히 여름만 되면 더 심해진다고 했다. 우울증이라는 말은 나도 안다. 쓸쓸하고 외롭고, 세상에 나 혼자 있는 것 같고, 그래서 살기도 싫은 마음이다.

나는 단어 외우는 영어 숙제, 피아노 학원에서 하는 음악 숙제, 집에서 하는 사고력·창의력 학습지 숙제를 할 때면 꼭 그런 생각이 든다. 나도 그럴 때 우울하다. 그런데 할머니는 여름에 더 우울해지기 때문에 약을 꼭 먹어야 한다고 했다.

이번에도 할머니가 몸이 안 좋아지셔서 며칠 동안 우리 집에 계시다가, 다시 이천으로 가신 거다. 아빠가 휴가를 바꿔 보려고 했는데 회사에서 바꿔 줄 사람이 없다고 했다.

할머니는 지금 이천에서 혼자 잘 지내고 있을지 궁금하다.

할머니는 가끔 엄마한테 이렇게 말한다.

"자식들 키워 봐야 아무 소용없어."

그러면 엄마는 얼굴을 구겨트리고 눈꼬리를 올리면서 이렇게 말한다.

"또 시작이시다. 시작이셔."

할머니는 엄마가 하는 말을 못 들었는지 계속 말씀 하신다.

"에구구, 혼자 집에 있다가 어떻게 돼도 아무도 모를 거야. 집에 늙은이 혼자 있다가 불이 나서 어떻게 돼도 아무도 모를 거라고."

그렇다. 이천 할머니는 혼자 있는 게 싫은 거다. 하지만 엄마는 우리 집에 이천 할머니가 있을 방이 없다고 함께 살 수는 없다고 한다. 이천 할머니가 오시면 나랑 정은이는 안방에서 잔다. 할머니랑 자기에는 내 방이 좁긴 하다.

그렇다고 혼자 있는 걸 싫어하는 할머니를 계속 혼자 사시게 하는 건 안 좋은 일인 것 같다. 그러다가 정말 정신이 이상해져서 혼자 집을 나가면 할머니를 영영 잃어버리게 될지도 모른다. 할머니 혼자 집에 있다가 쓰러지면 어쩌나 그것도 걱정이다. 그러니 우리랑 같이 살아야 하긴 하는데······.

나는 이천 할머니도 우리랑 같이 여름휴가를 왔으면 좋았을 텐데, 하고 생각했다. 아침까지는 말이다. 하지만 지금은 정반대다. 이렇게 잘 곳도 없이 이상한 곳으로 끌려가고 있으니 이천 할머니까지 왔으면 분명히 할머니 병이 더 심해졌을 거다.

어쩌면 할머니는 우리가 이렇게 고생할 줄 미리 알고 안 온 건지도 모른다.

"할머니, 할머니는 혼자 살면 안 심심해?"

할머니한테 그렇게 물어보면 할머니는 만날 똑같은 대답을 한다.

"심심하긴……. 사는 게 다 똑같지. 그날이 그날이지."

심심하지 않은 할머니는 오후만 되면 우리 집으로 전화를 하신다.

"오늘은 재미있었냐? 학교에서 공부하느라 힘들었쟈? 오늘은 뭐 하누?"

　거의 매일 이런 전화를 하니까 나는 점점 지겨워졌
다. 그래서 할머니 전화를 받는 것도 귀찮았다. 그래
서 가끔은 "할머니! 나 지금 학원 가야 돼!" 하고 금
방 끊어 버린다. 미안하기는 하지만 똑같은 말에 똑
같은 대답을 하는 건 정말 재미가 없다.

하지만 지금은 할머니가 보고 싶다. 할머니의 쪼글쪼글한 손이라도 잡고 있으면 안심이 될 것 같다.

엄마, 귀신 이야?

드디어 거무스름한 어둠 속에 집이 하나 보이기 시
작했다. 그 집에서도 불빛은 새어 나오지 않았다. 차
가 지나갈 때 쓰윽 보니 마당이 텅 비어 있는 게 사람
이 살지 않는 것 같았다. 그 집을 보니 더 무서워졌
다. 깜깜한 곳에 다 쓰러져 가는 집이라니.

"엄마, 이 집도 사람이 살지 않는 집이란 말이야!
깜깜하잖아."

"시끄러워! 조용히 못 하겠어?"

'하여튼 내 말은 무조건 듣기 싫어하는 순 엉터리
엄마.'

그런데 그 집을 막 지나치려고 하는데 집 뒤에서
뭔가 허연 게 펄럭였다. 그 허연 것은 움직이지도 않
고 가만히 이쪽을 노려보고 있었다.

"엄마야!"

너무 놀라 나도 모르게 소리를 질렀다.

"아이, 깜짝이야!"

엄마도 뭔가를 보았는지 동시에 소리쳤다. 하지만
차가 집 앞을 빨리 지나쳐 와서 확실히 본 건 아니다.

"엄마! 엄마도 봤지?"

나는 놀란 가슴을 콩닥거리며 물었다.

"글쎄, 뭐를 본 것 같기는 한데. 정확히 본 건 아니
고. 너도 뭐 봤니?"

"응. 허연 거."

"나도."

순간, 엄마와 나는 둘 다 아무 말도 못 하고 조용해졌다. 눈을 동그랗게 뜬 엄마는 나처럼 놀란 게 확실하다.

"엄마, 귀신이야?"

무서워서 작은 소리로 물어보았다.

"여보, 우리 다른 데를 더 찾아볼까요? 여기가 어딘지도 모르겠고. 이 할머니 말도 알아들을 수가 없어요. 큰길에 나가면 뭐가 있지 않을까요? 너무 어두워서……."

"여태 돌아다니다 왔잖아. 민박도, 펜션도 꽉 찼고, 마을 숙소도 꽉 찼고. 잘 수 있는 곳은 한 군데도 없었잖아. 지금은 휴가철이라고."

"그래도 다시 큰길로 나가 봐요. 영 기분이 안 좋아요."

"아빠! 아까 그 집에 귀신 같은 게 서 있었어. 진짜 봤어."

나도 엄마가 하는 말에 맞장구를 쳤다.

"귀신은 무슨…… 쓸데없는 소리."

아빠는 나를 보면서 투덜거렸다.

"아니에요. 나도 봤어. 뭔가 허연 게 집 뒤에 서 있었어. 기분이 으스스해요."

엄마는 흘러내린 머리카락을 귀 뒤로 쓸어 올리며 말했다.

"괜한 소리 하지 말고 길이나 다시 잘 물어봐!"

차는 왼쪽으로 심하게 구부러진 길을 따라 꺾어져 들어갔다. 오른쪽으로 기울어지는 몸을 간신히 바로 잡았다. 길 바로 옆에 하얀 팻말이 보인다. 아빠가 차를 세우고 팻말을 보았다.

'힐밍 산장'

나무 팻말에 아무렇게나 휘갈겨 쓴 글씨. 오른쪽으로 그려진 흰색 화살표 하나. '할망'이 '힐밍'으로 바뀔 만큼 낡아 빠진 산장에 뭐하러 이 고생을 하며 가는지 화가 난다.

엄마와 아빠는 여행을 가면 방을 미리 예약하는 법이 없다. 그래서 오늘도 이렇게 잠잘 곳을 찾느라 고생하고 있는 중이다. 요즘 같은 휴가철이면 방이 없는 게 당연하다.

작년에도 이렇게 잠잘 곳이 없어 돌아다니다가 우연히 휴양림에 들어가서 잠을 잔 적이 있었다. '집다리골 휴양림'이라는 곳이었다. 다행이 누가 예약을 취소해서 우리가 잠을 잘 수 있었던 것이다. 그날은 정말로 행운이었다.

준비물 안 챙기고 놀기만 한다고 나한테는 만날 잔소리하면서 엄마, 아빠는 진짜 준비해야 할 걸 안 한다. 이렇게 우리를 고생만 시키다니.

"이런 게 여행하는 맛이야. 계획하지 않고 떠나는 거지. 허허허."

아빠는 꼭 이런, 말도 안 되는 핑계만 댄다.

엄마는 휴대폰을 귀에 대고 두리번거리며 산장 가는 길을 묻고 있다.

"할머니! 아무것도 안 보여요……. 조금 있으면 오른쪽으로 길이 나올 거라고요? 여보, 갈림길이 나오면 오른쪽으로 살살 돌래요."

이번에는 차가 오른쪽으로 꺾였다. 좁을 길로 덜컹거리며 차가 올라간다.

나뭇가지가 창문에 스친다. 쉬이익! 쉬이익!

"아으, 기분 나빠. 꼭 귀곡 산장으로 가는 길 같아."

며칠 전 텔레비전 공포시리즈에 나왔던 산장이 바로 귀곡 산장이었다.

'이히히히히 이히히히히…….' 귀신의 울음소리가 들리는 귀곡 산장.

눈에 보이지 않는 귀신의 기다란 손가락에 이끌려 우리는 끌려가고 있는 거다. 틀림없다.

할망 산장

드디어 불빛이 보인다. '할망 산장'이라고 쓰여 있는 팻말이 길가에 세워져 있다. 차가 마당으로 들어갔다. 마당에는 조약돌이 깔려 있다. 산장은 1층 집이다. 마당이 집보다 훨씬 넓다. 키 큰 나무들이 마당 둘레에 세워져 있다. 커다란 잎사귀들이 붙어 있는 가지가 축축 늘어져 있다. 머리를 풀어헤친 귀신 같다. 으스스하다.

"정은아! 일어나. 다 왔어!"

엄마가 정은이를 깨웠다.

"진짜 다 온 거야?"

정은이는 선잠 깬 눈으로 주위를 둘러보았다.

"그래, 이제 내리자."

아빠도 잘 곳을 찾아 마음이 놓이는지 목소리가 부드러워졌다. 엄마가 먼저 차에서 내렸다. 차 문을 열고 정은이 카시트의 안전벨트를 풀러 주었다.

다음은 내가 내릴 차례다. 이렇게 후진 곳에 있는 산장에 조약돌이 깔린 마당이라니. 왠지 이상한 기분이 들었다. 집 벽은 담쟁이 넝쿨에 둘러싸여 더 으스스했다. 담쟁이 넝쿨이 스멀거리는 뱀처럼 벽을 타고 올라가고 있었다.

마당가에 세워진 가로등 불빛이 희미하게 마당을 비추었다. 마당으로 향한 창문으로 어떤 할아버지가 이쪽을 보고 있었다. 그런데 내가 할아버지를 보자 할아버지는 연기처럼 스르르 사라졌다. 나랑 눈

35

이 마주친 것 같은데 금방 얼굴을 돌리고 없어져 버렸다. 기분 나쁘다. 조금 있다가 옆문으로 할머니가 나왔다.

"찾기 힘들었지요? 여기가 좀 그래."

집에서 나온 할머니는 김포 할머니처럼 얼굴이 쪼글쪼글했다.

"아니에요. 길이 너무 어두워서 잘못 찾은 줄 알고……."

"그래요, 빈 집이 많아서 길이 더 어두웠을 거야. 젊은 사람들이 도시로 다 나가서 마을이 텅텅 비어 있어. 이렇게 늙은이들만 시골에 남아서 집을 지키고 있다우."

마당에 예쁘게 꾸며 놓은 돌들이 보인다. 집 옆으로 시냇물이 흐르는지 졸졸졸 물 흐르는 소리도 들린다.

"시은아, 뭐 해? 빨리 내리지 않고."

아빠가 짐을 내리면서 나를 쳐다본다.

"알았어."

덜그럭! 조약돌 위에 발이 닿는 느낌이 조금 이상했다. 덜그럭거리는 게 재미있기도 했다. 나는 까미를 안고 조금 더 걸어가 보았다.

"네 가방 들어! 어딜 그냥 가!"

엄마는 차 트렁크에서 가방을 꺼내 나에게 내밀었다. 나는 한 손에 가방을 들고 다른 한 손에는 까미를 안고 조약돌 위를 걸어갔다. 그때 발밑에 뭔가 시커먼 게 꾸불텅거리는 게 보였다.

"으아악! 뱀이다!"

기다란 뱀이 내 발 바로 밑에 있었다. 아빠가 내 비명을 듣고 달려왔다.

"이 녀석아! 나뭇가지잖아! 정신 좀 차려. 깜짝 놀랐네."

다시 잘 살펴보니 꾸불꾸불 뱀처럼 생긴 나뭇가지였다.

'휴, 살았네.'

나는 한숨을 내쉬며 그 '힐밍 산장'으로 들어갔다. 마당에서 봤을 때에는 집이 작아 보였는데 옆문을 밀고 들어가니 안채가 따로 있었다.

복도를 따라서 오른쪽에 방이 두 개, 왼쪽에 방이 두 개 있었다. 마루도 보였다. 마루 한쪽에 오래된 텔레비전과 냉장고가 있었다. 큰 시계도 유리 문 안에 떡 버티고 서 있었다. 엄청 컸다.

"산장이 뭐 이래?"

방문을 열자마자 곰팡내가 코 안으로 훅, 달려들었다. 방 안에는 가구 하나 없었다. 달랑 선풍기만 벽에 달라붙어 있었다. 매미처럼 말이다. 창문도 코딱지만큼 작았다. 창 바깥이 부엌으로 연결되어 있는지 큼큼한 냄새도 났다.

엄마도 눈살을 찌푸렸다. 정은이는 코를 씰룩거렸다.

"엄마, 이상한 냄새가 나. 텔레비전도 없어."

정은이는 졸린 눈을 비비며 털썩 주저앉았다.

"산-장은 무슨 산장! 이상한 할머니 말만 믿고 따라오더니…… 엄마가 이 이상한 냄새 좀 잡아……."

"왜 이렇게 말이 많아! 조용히 못 하겠어?"

엄마는 또 내 말을 잘라먹었다.

"시은아! 엄마한테 말버릇이 왜 그래? 엉?"

아빠 얼굴이 영 그랬다.

'엄마 말투는 괜찮은가, 뭐?'

"오늘 밤에 잠만 자고, 내일 아침에 일찍 나가자. 애들아, 알았지?"

'글쎄, 내일 무사히 이곳을 탈출할 수 있을까?'

기분 나쁜 화장실

"엄마하고는 정말 말이 안 통해."

나는 까미의 머리를 쓰다듬으며 말했다. 마음 답답할 때 까미한테라도 중얼거리면 그래도 속이 시원해진다. 내 말을 알아듣고 내 편을 들어주는 친구 같다.

조금 있으니 산장 할머니가 이불을 들고 왔다. 할머니 머리는 흰 머리카락이 하나도 없고 이상하게 새까맸다. 아마 산장 할머니도 김포 할머니처럼 가발을 썼나 보다.

"저, 할머니. 혹시 다른 방이 있으면 그리로 옮기면 안 될까요? 곰팡내가 나는 것 같아서요. 애들이 천식기가 조금 있거든요."

"그래? 우리가 쓰던 집을 쬐끔 손보고 넓혀서 방을 들여놨거든. 시설이 썩 좋지는 않아. 다른 방이라…… 다른 방은 지금 손을 보고 있는 중이고. 안방하고 붙어 있는 방은 우리 딸네 짐이 있는데. 거기를 좀 치워 줄 테니 기다려 보시우."

할머니가 마당으로 나간 다음 뭔가 타는 냄새가 나기 시작했다. 연기도 함께 뿌옇게 올라왔다. 나무나 풀을 태우는 냄새였다.

"저 할머니가 우리를 잡아먹으려고 큰 솥에 불을 피우고 있는 거 아냐?"

졸린 눈을 비비고 있는 정은이한테 내가 슬며시 말했다.

"언니! 그럼 우리 잡아먹히는 거야?"

"정말 이상하잖아? 산 속 깊은 곳에 이상한 집에서 할머니, 할아버지만 살고 있는 게. 우리가 오자마자 왜 불을 피우겠냐고. 이 깜깜한 밤에 말이야."

"엄마! 나 귀신 무서워!"

정은이가 엄마한테 소리쳤다.

"무슨 소리니? 이 닦고 잘 준비나 해!"

엄마는 정은이의 무서움을 잔소리로 한 방에 날려 버렸다. 그때 할머니가 신발을 차르락차르락 끌며 천천히 우리 방 앞으로 왔다.

"산 밑이라 모기가 많아. 모깃불을 좀 피웠수."

"아, 네에."

엄마는 건성으로 대답했다.

"방에 있는 짐을 마루에 옮겨 놨어. 이제 들어가 보시우."

할머니는 이 말만 하고 금방 사라졌다.

그 방은 곰팡내가 나지 않았다. 창문도 더 크고, 창

밖에서 냇물 소리도 시원하게 들려왔다. 우리는 짐을 꺼내서 방 한구석에 꺼내 놓았다. 집에서 싸 온 반찬은 엄마가 냉장고에 넣었다.

"저기- 이것 좀 드실라우?"

"아이 깜짝이야!"

언제 왔는지 할머니가 방문을 열고 찐 감자를 들이밀었다.

"아- 네. 괜찮은데. 애들이 감자를 별로 안 좋아해요."

엄마가 찐 감자가 있는 소쿠리를 내려다보며 말했다.

"그래요?"

할머니는 감자 소쿠리를 잠깐 들여다보시더니 들고 갔다. 할머니한테 조금 미안한 마음이 들었다. 나도 친구한테 큰맘 먹고 스티커를 줬는데 자기는 그거 싫어하는 거라고 말해서 기분 나빴던 적이 있었기 때문이다.

정은이는 짐 속에 있던 소꿉놀이 장난감을 꺼내서 바닥에 펼쳐 놓았다. 엄마는 장난감 집어넣고 잘 준비하라고 짜증을 냈다.

"저기— 이 고구마라도 드실라우?"

"아이 깜짝이야!"

또 언제 왔는지 할머니가 고구마 소쿠리를 내밀었다.

"할머니, 전 고구마도 싫어해요."

정은이가 큰 소리로 말했다. 쟤는 진짜 눈치 없는 애다.

"저희 애들이 고구마도 별로 안 좋아해요."

나는 고구마 좋아하는데, 라고 말하려다가 엄마 때문에 말을 못 했다.

"그랴? 뭘 줄 게 없네, 그려. 근데 어디로 가는 길이우? 이 야밤에 오시구."

할머니는 가지도 않고 방문 앞에 아예 걸터앉아 말했다. 엄마는 수건을 가방에서 꺼내다 말고 할머니를 보며 어쩔 줄 몰라 했다.

"저―, 저희가 내일 아침 일찍 나가 봐야 하거든 요⋯⋯."

"아이고, 늙은이가 괜히 방해만 했구려. 내 가리다. 그럼 잘들 쉬구려."

할머니는 그제야 엉거주춤 일어나서 가셨다.

"여보, 저 할머니 이상하지 않아요? 저 감자, 고구마 먹었으면 분명히 먹은 것만큼 방값에 합쳐서 내야 했을 거예요. 할머니 꼬임에 넘어가지 않아서 다행이야. 요즘 나이 드신 분들이 더 무섭다니까."

엄마는 아빠한테 눈을 찡긋하며 말했다. 아빠는 엄마 말을 못 들었는지 아무 대답이 없다. 엄마 말을 듣고 보니 감자나 고구마에 뭔가 독약 같은 게 들어 있을지도 모른다는 생각이 들었다. 그걸 먹인 다음 우리를 잠재우고 나서 꿀꺽! 으으으으– 생각만 해도 오싹 소름이 돋는다.

　나는 이를 닦으러 갔다. 복도 맨 끝에 있는 문을 열어 보니 양변기가 있고 세면대가 있는 작은 화장실이 나왔다. 양변기가 있었지만 바닥은 그냥 시멘트다.

불이 어두워서 기분이 찜찜했다. 나는 까미를 더 꼭 끌어안고 화장실 문을 도로 닫아 버렸다.

"화장실도 무서워. 다른 방들은 자물쇠가 채워져 있고. 조금 이상해."

나는 다시 방으로 돌아와 옷을 갈아입고 누웠다. 엄마, 아빠도 옷을 갈아입고 잠잘 준비를 하고 있었다.

"너, 이 닦았어?"

엄마의 잔소리.

"응."

화장실이 어두워서 안 닦고 그냥 왔지만 뭐, 할 수 없다. 바른대로 대답했다간 엄마한테 무슨 말을 들을지 모르니까.

"그런데 왜 입에 물기가 없어?"

엄마의 눈치 백단은 알아줘야 한다.

"수건으로 닦았으니까 없지. 별거 다 갖고 트집이야."

나는 얼른 이불 속으로 기어들어 갔다. 엄마와 아빠는 맥주를 마신다며 마루로 나갔다.

까미도 까만 눈으로 나를 보며 말하는 것 같다. '이를 닦았어야지' 하고 말이다.

"귀찮아. 너도 엄마처럼 잔소리냐. 난, 얼른 잠이나 자고 싶어. 우리 빨리 자자."

댕! 댕! 댕! 댕!

마루에 있는 커다란 괘종시계에서 울리는 소리 같다.

'하나 둘 셋 넷…….'

나도 모르게 시계가 몇 번 울리는지 세어 보았다. 열두 번. 열두 시다.

'빨리 자자.'

나는 까미를 더 꼭 끌어안았다.

사람 살려!
까미야, 미안해

얼마나 시간이 흘렀을까?

한참 자고 있는데, 눈이 떠졌다.

아랫배가 묵직하다. 저녁으로 '곤드레 밥'을 너무 많이 먹었나 보다. '곤드레 밥'은 이 지방에서 자랑하는 특별식이라고 했다. 배가 고파 허겁지겁 많이 먹었더니 곤드레만드레 자다가 똥이나 마렵고 지겨워 죽겠다.

'으이그, 내가 미쳐. 화장실에 가고 싶어 잠이나

깨고.'

눈을 떴는데 방 안이 하나도 보이지 않는다. 캄캄하다. 창에 걸려 있는 커튼이 바람에 쉬익, 쉬익 움직이는 소리가 들린다. 열려진 창문 사이로 물소리가 들린다. 꽤 큰 소리다. 어두워서 그런지 물소리가 아주 크게 들렸다. 물이 무슨 말을 하는 것만 같았다.

콰알콸, 콰알콸 콸콸······.

너를 콰알콸 잡아먹겠다. <u>으흐흐흐</u>······.

콸! 콸! 콸!

화가 잔뜩 난 목소리였다.

아까 잘 때는 벽에 시계가 붙어 있는지도 몰랐다. 째깍, 째깍, 째깍 초침 소리가 심장 뛰는 소리보다 빠르게 그리고 더 크게 내 귀에 박혔다. 나도 모르게 이불을 머리끝까지 끌어당겼다.

'이렇게 무서운데 화장실에 혼자는 절대 못 가. 그냥 자자.'

시계는 째깍 째깍 째깍. 커튼은 쉬익 쉬익. 물소리는 콸콸콸.

도저히 잠을 잘 수가 없다.

"엄마, 엄마—?"

엄마 입에서 술 냄새가 난다. 아무리 엄마를 흔들어 깨워도 엄마는 깨지 않는다.

"정은아, 정은아—?"

정은이를 흔들어 깨워도 정은이도 깨지 않는다. 정은이는 이불을 발로 차 내더니 저쪽으로 돌아누워 버린다.

'미치겠다.'

나는 까미를 꼭 끌어안았다. 까미를 끌어안아도 무섭기는 마찬가지이다.

복도를 따라 맨 끝에 있는 으스스한 화장실에는 절대 혼자 못 간다. 지금 방에 있는 전등도 못 켜겠다. 너무 무서워 자리에서 꼼짝할 수가 없다.

창밖에서 얇은 달빛이 창문 틈 사이로 비스듬히 들어오고 있다. 창문에 나뭇가지가 어른어른 비친다. 뾰족한 손톱을 들이대는 나무귀신처럼 보인다. 커튼은 꼭 풀어 헤친 머리카락처럼 흐느적거린다. 뭔가가 창문 밑에서 확, 튀어나올 것만 같다. 깜깜한 방 안 어디에서 누군가가 나를 노려보고 있는 것만 같았다. 나는 눈을 꼭 감았다.

'으으으 화장실에 가고 싶은데…….'

그래도 못 일어나겠다.

'엄마를 한번 더 깨워 봐야지.'

"엄마! 엄마!"

엄마는 여전히 아무런 반응이 없다. 코만 골고 있다.

댕! 댕! 댕!

세 시다.

'조금만 더 있으면 날이 밝아 올 거야. 그때까지 참자.'

참자고 생각하니 더 가고 싶어졌다. 똥이 진짜 나올 것 같다. 도저히 안 되겠다. 이제 방 안이 조금씩 보인다. 흐릿한 달빛을 받으며 벽을 더듬었다. 문 옆에 있는 스위치를 간신히 찾았다. 딸깍, 소리와 함께 불빛이 방 안에 가득 풀어졌다. 무서운 게 조금 없어졌다.

엄마, 아빠, 정은이는 엎어져서, 고꾸라져서 세상모르게 자고 있었다. 아빠를 깨워 볼까 하다가 그만두었다. 자다가 깨우는 걸 제일 싫어하는 아빠가 신경질을 낼 게 뻔하다. 괜히 나만 혼날 테니까. 방 안은 환한데 모두 자고, 나만 깨어 있으니 그것도 무섭다. 하지만 누워 있을 때보다는 무서움이 덜했다.

'까미나 데리고 가야지.'

까미를 왼팔에 안았다.

'그냥 잘까? 아니야. 못 참겠어. 얼른 뛰어갔다 오면 괜찮을 거야.'

문을 살짝 열었다.

삐이걱ㅡ.

기분 나쁜 소리가 심장을 긁어 대는 것 같았다. 소름이 확 돋았다. 복도는 깜깜하다. 그 순간, 이상한 소리가 들렸다.

스윽 스윽. 칼 가는 소리가 들리는 것 같기도 하고…….

호호호, 호호호 울음소리가 들리는 것 같기도 하고…….

복도 끝 화장실에서 나는 소리 같기도 하고, 바깥에서 나는 소리 같기도 하고.

방문을 더 열고 보면 화장실이 보일 텐데. 하지만 문을 더 열어 볼 용기가 나지 않는다. 손에 힘이 하나도 없다.

'참자, 참아. 조금 있으면 아침이 온다. 하지만 똥이…… . 으으으, 살짝 문을 열어 볼까? 화장실에서 뭐가 보이면 얼른 문을 닫으면 되지, 뭐.'

나는 손잡이를 꽉 움켜쥐고 고개를 살짝 내밀어 보았다. 복도는 캄캄했다.

'복도 불이 어디 있더라?'

복도 전등 스위치가 문 바로 옆에 붙어 있던 게 생

각났다. 왼손을 내밀어 벽을 더듬다가 스위치를 올렸다. 복도에도 희미한 전등불이 들어왔다. 불이 켜지니 그래도 용기가 났다. 오른발을 내밀고 그 다음에는 몸을 간신히 내밀어 복도로 나왔다.

마루에 버티고 있는 냉장고가 시체를 담아 두는 흰색 관처럼 보인다. 자물쇠가 잠긴 문들이 확, 열리면서 뭔가가 튀어나올 것만 같다. 뚜벅뚜벅 내 발소리가 복도 벽을 울린다.

'자다가 이불에 싸는 거보다는 화장실 가는 게 나아.'

나는 실눈을 뜨고 앞을 본다. 눈앞이 뿌옇게 보인다. 이렇게 하면 귀신이 나타나도 덜 무서울 거다. 이제 조금만 더 가면 화장실이다. 꿀꺽, 침을 삼키는 소리가 목구멍을 타고 거꾸로 올라가 이마에서 울린다.

간신히 복도 끝까지 도착했다. 얼른 화장실 스위치를 올리고 문을 살짝 열었다.

그런데…… 화장실에 뭔가가 있다.

"으아악!"

거울 옆에 머리가, 까만 머리가…… 출렁거린다. 허연 게 스윽, 움직인다.

"아아악. 사람 살려!"

나는 손에 들고 있던 까미를 냅다 집어 던졌다. 까미가 뭔가에 부딪치는 소리가 들렸다.

후다다닥! 나는 걸음아 날 살려라, 냅다 달리기 시작했다. 엄마, 아빠, 정은이가 있는 방은 왜 이렇게 먼 걸까? 아무리 달려도 다리가 바닥에 찰싹 달라붙어 버린 것 같다. 방까지 110미터는 되는 것 같았다. 아무리 달려도 문 앞까지 가는 게 너무 오래 걸렸다.

헉! 헉! 헉! 간신히 방문 손잡이를 잡았다. 나는 얼른 문을 열고 들어가 문을 쾅, 닫았다. 손이 덜덜 떨렸다. 버튼을 눌러 문을 안으로 잠갔다.

'휴우, 살았다. 으으으으, 그런데 그게 뭐였지?'

숨을 헐떡이며 나는 털썩 주저앉고 말았다. 그리고
엄마 품으로 달려들었다. 이불을 머리끝까지 끌어당
겼다. 이불 속에 들어와서도 가슴이 쿵쿵쿵 뛰었다.
갑자기 문을 확, 열고 뭔가가 나타날 것만 같았다.

나는 엄마를 꼭, 끌어안았다.

"엄마, 엄마아……."

엄마는 잠에서 깨어나지 않았다. 엄마가 꼭 숨 쉬는 나무토막 같았다. 엄마 가슴에 얼굴을 묻었다.

'엉터리 엄마라도 좋아. 욕쟁이 엄마라도 좋아.'

엄마의 숨소리가 내 귀에 들리자 조금 안심이 되었다. 나는 그제야 까미가 생각났다.

'까미……. 까미야, 미안해. 너를 거기 귀신 소굴에 두고 오다니.'

이제 큰일 났다. 까미는 어떻게 될까? 이불 바깥으로 얼굴을 내밀고 아빠를 쳐다보았다. 아빠는 벌러덩 드러누워서 드르렁드르렁 코까지 골고 있었다.

"아빠! 아빠!"

나는 아빠를 흔들어 깨웠다.

"음냐 음냐."

아빠는 일어나지는 않고 뭘 먹는 소리만 내고 있다.

"아빠! 일어나 봐! 빨리!"

"음냐 음냐, 왜?"

아빠가 잠에서 깨어났나 보다. 눈은 감고 있다.

"아빠, 아빠. 저기 저어기 화장실에 귀신이 있어."

"귀신 씨나락 까먹는 소리 하고 있네. 음냐 음냐."

"정말이라고. 내가 두 눈으로 분명히 봤단 말이야."

아빠는 목을 벅벅 긁더니 다시 푹, 쓰러져 잠이 들었다. 정말 속상하다.

'까미는 어떻게 되는 걸까? 내가 까미를 던져 버리고 오다니. 내 친구를.'

까미는 잡아먹혔을 거다. 참, 털뭉치라서 먹지는 못하겠지. 나는 다시 엄마 품속으로 들어갔다. 그래도 엄마는 쿨쿨 잠만 잤다.

'이제 엄마 힘든 것 도와주나 봐라.'

화가 나서 씩씩거렸다. 하지만 지금은 엄마의 불룩 튀어나온 배라도 꽉 잡고 있으니 다행이다. 엄마가 없었다면 어떻게 이 무서움을 참을 수 있었을까.

'다시 생각해 보니 엄마가 나한테 욕한 거 김포 할머니한테 말 안 해야겠다.'

하도 놀라서 화장실 가고 싶은 생각도 없어졌다. 나는 눈을 꼭 감고 까미의 이름을 불러 보았다.

"까미야, 까미야 미안해……."

대머리

언제 잠이 들었을까.

눈을 떠보니 창문이 파란색으로 물들어 있다.

달그락달그락. 맛있는 냄새도 솔솔.

엄마는 옆에 없다. 바깥에서 아침밥을 준비하고 있
나 보다.

아침이 되고 나니 내가 밤중에 왜 그렇게 무서워했
는지 모르겠다. 모든 게 다 그대로인데. 나는 밤만 되
면 이 세상에 있는 모든 것들이 다 살아 움직이는 것

만 같다. 아침만 되면 내가 왜 그런 생각을 했을까,
하고 후회한다.

　하지만…… 어. 제. 본. 건. 분. 명. 히. 머리를 풀어
헤친 귀. 신. 이었다.

　"까……미, 까미!"

　맞다. 나는 얼른 화장실로 달려갔
다. 아랫배도 더 단단해진 것 같아 후
다닥 뛰었다. 어젯밤에는 그렇게 오
래 걸리더니 눈 깜짝할 사이에 화장
실 문 앞에 왔다. 스위치를 올렸
다. 까미는 어떻게 되었을까?
귀신에게 잡혀갔을까?
아니면…….

　문을 살며시 열
었다. 누리끼리한
불빛이 기분 나쁘게

화장실 안을 감싸고 있었다. 그런데, 그런데 거울을 본 순간, 거기 있었다. 거기 거울 밑에 까미가 누워 있었다.

"까미야, 미안해. 여기 냄새나는 화장실 바닥에 누워 있게 해서."

나는 까미의 젖은 머리털을 수건에 닦고 변기 위에 앉았다.

'아, 시원해.'

나는 화장실 안을 이리저리 살펴보았다. 어젯밤에 거울 옆에서 보았던 긴 머리카락은 없었다. 될 수 있으면 거울 쪽을 보지 않으려고 눈길을 돌렸다. 특별히 눈에 띄는 것은 없었다. 볼일을 다 보고 나서 화장실을 나왔다.

"일어났냐?"

할머니가 머리에 수건을 쓰고 우리 방 쪽으로 왔다.

"이거 엄마 드려라. 텃밭에서 캐온 상추다."

할머니는 벌써 밭에 갔다 온 것 같았다. 진짜 잠도 없이 부지런하시다.

할머니는 상추를 건네주고 머리에 썼던 수건을 벗었다. 그런데 수건 밑에서 뭔가가 바닥으로 툭, 떨어졌다. 가발이었다. 수건을 벗은 할머니는 머리카락이 거의 없었다.

"할머니, 왜 머리카락이 없어요?"

어젯밤에 할머니는 분명히 까만 머리였는데 지금은 흰 머리카락이 듬성듬성 돋아나 있었다. 거의 대머리 같았다.

"에구머니! 이게 떨어졌구먼."

할머니는 땅에 떨어진 가발을 주워 들고 흙을 톡톡 털어 냈다. 그리고는 머리에 다시 잘 썼다. 가발이 약간 삐뚤어져서 얼굴하고 딱 들어맞지 않았다. 조금 웃겼다.

"서울 양반들한테 흉한 꼴 안 보일라고 가발을 쓴 거였는디. 들켜 부렀네. 이 할미가 병원서 치료를 받느라고 머리카락이 많이 빠졌거든."

할머니는 이 말을 하고는 휭하니 들어가 버렸다.

나는 그런 할머니가 이상해서 슬그머니 마당으로 나왔다. 마당에 나와 보니 산장은 아침 햇살을 받으며 조용히 서 있었다. 마당도 깔끔하고, 옆에 있는 시냇물도 맑았다. 마당 옆에 텃밭이 있었다. 상추, 방울토마토, 고추 같은 것들이 그득하게 달려 있었다.

시냇물 옆에 늘어서 있는 나무들이 보였다. 어젯밤에 보았던 나무귀신들은 이미 나무뿌리 속으로 달아난 모양이다. 어젯밤에 창밖에서 뾰족하게 손톱을 들이대던 나뭇가지들도 아침에는 순해졌다. 해가 떴으니까. 쨍쨍 내리비치는 해 앞에서는 나쁜 생각도 무서운 생각도 다 없어지니까.

정은이는 벌써 마당에 나와서 놀고 있었다. 할아버지가 정은이 옆에 앉아 소꿉놀이하는 것을 보고 계셨다.

"이제 일어났구먼. 어제는 많이 피곤했을 거여. 이

리 와 봐. 할애비가 만든 야생초 물 좀 마셔 봐. 피곤이 싸악 풀릴 것이구먼."

할아버지는 병에 든 누런 물을 보여 주었다.

"괜찮아요."

나는 할아버지가 내미는 물속에 독이 들어 있을지도 모른다고 생각했다. 내가 괜찮다고 하자 할아버지는 약간 실망한 얼굴이었다. 그렇다고 그 물이 무슨 물인지도 모르고 냉큼 받아먹을 수는 없었다.

"언니! 꽃잎으로 비빔밥 만들고 있다. 먹을래?"

정은이는 배시시 웃고 있었다. 어제 밤에는 그렇게 깨워도 잠만 자더니. 정은이는 돌멩이로 빻은 빨간색 꽃잎을 나에게 내밀었다.

"됐거든."

"치. 언니랑 다시 노나 봐라."

정은이는 내가 놀아 주지 않자 심통을 냈다. 나는 다시 방 안으로 들어왔다. 조금 있으니 심통 난 정은

이와 얼굴이 땡땡 부은 아빠가 방으로 들어왔다. 우리는 엄마가 차려 준 아침밥을 서둘러 먹고 그 '힐밍산장'을 나왔다.

"또 와요. 서울 양반들!"

우리가 산길을 따라 내려갈 때까지 산장 할머니와 할아버지는 우리가 떠나는 모습을 오래오래 지켜보고 있었다. 손까지 흔들면서. 우리를 못 잡아먹어서 아쉬운 건지도 모르겠다.

허수아비

어제 밤에 지나왔던 좁은 산길은 아침에 봐도 좁았다.

지렁이처럼 꼬불꼬불거리는 산길. 큰길까지 나가려면 시간이 한참 걸릴 것 같았다.

'이런 길을 밤에 왔으니…….'

어제 밤에 보았던 집이 보이기 시작했다. 그 집은 사람이 살지 않는 오래된 집 같았다. 그 집을 지나갈 때 나는 집 뒤를 뚫어져라 살펴보았다. 이마를 창문

유리에 찰싹 대고 말이다. 그런데 정말 집 뒤에 뭔가 있었다. 어제 밤에 본 것이 거기에 있었다.

그런데 그건 다름 아니라 허수아비였다. 허연 옷을 입은 허수아비가 옷을 펄럭거리며 서 있었다.

"참 네―. 허수아비 때문에 그렇게 놀라다니."

엄마는 그 허수아비를 보고 웃었다. 집 뒤 작은 언덕에는 무덤이 두 개가 나란히 있었다.

"시골에는 무덤을 어떻게 집 뒤에 만드는지 모르겠어. 께름칙하게."

'저 집에 있었던 것은 허수아비지만 할망 산장 화장실에서 본 건 분명이 귀신이었어. 으으, 무서워.'

"글쎄, 나이 드신 분들이 오죽 답답했으면 산장이라고 써 붙였겠어? 하도 사람이 안 오니까 적적하셨대. 그래서 소일 삼아 산장 하신다고 하더라고. 농촌에 젊은 사람이 없으니 급한 일 생기면 그런 게 힘드시다는 거야. 노인네들이 아프기라도 해 봐."

아빠는 혀를 끌끌 차며 말했다.

"그래서 돈을 안 받으셨나 보군요. 아무리 돈을 드리려고 해도 늦게 와서 잠만 잤다고 한사코 돈을 안 받으시는 거야. 우리들이 와서 조용한 집에 생기가 돌았대요. 정말 좋아하시더라고요. 나는 그런 줄도 모르고 우리한테 바가지 씌우는 줄 알고. 어제 감자도 고구마도 안 먹겠다고 했거든요. 호호호."

엄마는 숙박비를 아낄 수 있어서 기분이 더 좋은 것 같았다.

"그래도 그런 집은 싫어!"

나는 그런 후지고 꿀꿀한 집은 싫다. 엄마의 구두쇠 같은 성격도 싫다. 내 수영복도 안 사 주는 구두쇠 노랭이.

나는 길을 내려가면서

도 믿기지가 않았다. 우리가 어제 그 '힐밍 산장'에서 묵었던 일이 꼭 꿈속에서 겪은 일 같았다. 옛이야기에 보면 이런 게 많다. 길을 가던 나그네가 불빛을 보고 딱 하룻밤 묵었는데, 아침에 일어나 보니 무덤 옆이었다는 그런 이야기 말이다.

난 아직도 그 산장이 거기 있는 진짜 집인지 아니면 우리 식구가 뭔가에 몽땅 홀렸다가 온 것인지 잘 모르겠다.

‘내가 자다가 화장실에서 본 걸 말할까…….’

하지만 참았다. 엄마한테 얘기하면 무슨 귀신 얘기냐며 무시할 것이고, 정은이한테 말하면 ‘정말? 정말?’ 하다가 ‘언니가 지어낸 얘기지?’ 할 게 뻔했다. 아빠한테 얘기하면 콧방귀도 안 뀔 게 뻔하고.

그래서 나는 어제 자다가 본 것을 아무한테도 말하지 않기로 했다. 학교에 가서 내 단짝 채은이한테나 말해 줘야겠다. 채은이한테 말하기 전에 까미한테는 말해도 되겠다. 비밀을 철저히 지키는 친구니까.

“까미야, 어제 너 화장실에서 아무것도 못 봤어?”

“응, 난 화장실 바닥에 머리를 부딪치고 잠이 들었어.”

나는 까미의 등 뒤를 잡고 까미가 되어 말했다.

“그래? 거기에 머리 푼 귀신이 있었어. 그래서 내가 너를 놓치고 온 거라고.”

“정말이야?”

까미는 믿을 수 없다는 듯이 눈을 동그랗게 뜨고
머리를 흔들었다.

"얼마나 무서웠는데⋯⋯. 죽는 줄 알았다니까."

까미는 몸을 부르르 떨었다. 손으로 까미 흉내를

내니 재미있었다.

"진짜 무서웠겠다. 아으, 나는 귀신이 제일 무서워."

까미는 내 품속을 파고들었다. 내가 어젯밤에 엄마 품속에 파고들었던 것처럼 말이다. 나는 까미의 머리를 쓰다듬어 주었다.

내가 까미를 잡고 인형극 하듯이 말하는 걸 정은이가 보았다. 이상하다는 얼굴로 나를 보았다. 정은이는 손가락을 들어 머리 위에서 빙빙 돌렸다. 내가 미쳤다고 말하는 거다.

"이게?"

나는 정은이에게 주먹을 쥐어 보였다. 정은이가 혀를 날름거렸다. 나는 도저히 참을 수가 없어 정은이를 한 대 쥐어박았다.

"엄마! 언니가 때렸어!"

정은이가 빽 하며 울었다.

나는 앞에 앉아 있던 엄마한테 더 세게 얻어맞았

82

다. 너무 억울했다. 정말 화가 났다. 할머니라도 옆에 있었다면 할머니한테 이를 텐데.

'할머니! 엄마가 때렸어!' 하고 내가 말하면 분명히 할머니가 엄마 머리를 한 대 쥐어박았을 거다.

암, 믿고 말고

한참을 갔다. 바다가 보이기 시작했다. 기분이 조금 풀렸다.

나는 엄마에게 핸드폰을 달라고 했다. 대답이 없어 보니 엄마는 꾸벅꾸벅 졸고 있다. 정은이도 카시트에 기대어 자고 있다. 아빠가 엄마 손에 있던 엄마 핸드폰을 집어 주었다.

나는 단축번호 2를 꾸욱, 눌렀다. 엄마라는 글자가 화면에 떴다. 조금 있다가 엄마의 엄마인 외할머니가 전화를 받았다.

"여보세요?"

할머니는 자다가 일어난 목소리로 전화를 받았다.

"할머니, 뭐 해?"

"뭐 하긴. 그냥 누워 있지."

"안 심심해?"

"심심하긴. 너는 재미있는 거?"

"아니……. 할머니가 안 와서 재미없어."

"정말? 호호호."

할머니는 내가 재미없다고 말하니까 더 좋아했다.

"할머니, 할머니는 내 말 다 믿지?"

나는 제일 작은 목소리로 소근거렸다. 학교 갈 때까지 어제 본 귀신 얘기를 비밀로 한다는 건 아무래도 힘들 것 같았다.

"암, 암 믿고 말고."

"할머니, 나 어제 귀신 봤어. 여기 산장 화장실에

서. 긴 머리를 나풀나풀거리는 귀신이었어. 난 죽는 줄 알았는데, 아무도 내 말 믿지 않을 거야."

할머니는 가만히 내 말만 듣고 있었다.

"여긴 정말 이상해. 산장 할머니도 할아버지도. 날 가만히 오래 쳐다봤어. 그 할머니랑 할아버지도 귀신인지 몰라. 할머니! 할머니! 내 말 듣고 있어?"

"으응. 듣고 있지."

"그리고 여기 시골은 사람이 사는 집이 별로 없어. 그것도 이상하잖아. 사람은 없고 허수아비 같은 것만 집을 지키고 있다니까. 사람들이 몽땅 귀신에게 잡아 먹혔나 봐. 할머니! 할머니, 내 말 안 들려?"

"다 들려."

"그런데 왜 말을 안 해? 지금 뭐 해?"

"허리 아파서 누워 있어."

"그리고 웃긴 게 꼬불꼬불 산 속에 자갈 깔린 멋진 마당이 있는 거야. 어제 우리가 잠을 잔 산장 말이야.

그런데 방마다 자물쇠가 꽉 채워져 있었어. 이상하지? 그치? 할머니? 방에서는 곰팡이 냄새가 막 진동했어. 아무도 살지 않는 집처럼 말이야. 그것도 이상하지? 그치? 할머니?"

"그려그려. 이상혀."

"여기는 이상한 것투성이야. 사람들이 별로 없어. 그래서 더 으스스해. 집도 길도 으스스해. 집 뒤에 무덤이 있고 말이야. 할머니네는 안 그러잖아. 할머니? 내 말 들리지?"

"그려."

"그런데 왜 아무 말도 안 해?"

"어이구, 허리야…… 옆집 할망구가 새벽에 돌아갔다는구나."

"할머니랑 친한 할머니 말이야? 어디로?"

"어디긴 어디여? 원래 살던 곳이지."

"이사 갔어?"

“아니.”

“원래 살던 곳이 어딘데? 멀어?”

“응, 멀어. 하늘.”

“하늘? 죽었어?”

“그려. 혼자 사는 할망구였는디…… 아들딸들 하고 연락이 안 된다고…… 콜록.”

“할머니 감기 걸렸어?”

“아니여. 칵! 칵! 침이 잘못 넘어가서 사래가 들렸어.”

“그럼 어떻게 해? 그 할머니 죽었는데 누가 병원에 데리고 가?”

“그 옆집 사는 애기 엄마가 연락을 혔대.”

“할머니, 무섭겠다. 그 할머니 생각하면.”

“무섭긴 뭐가 무서워. 죽을 때가 되면 다 가는 거여. 지금이야 공동묘지가 따로 있지만 옛날이야 누가 돌아가면 뒷산, 아니면 밭이나 집 옆에 그냥 묻었어.

산 사람도 죽은 사람도 다 가깝게 살았지."

할머니는 옆집에 죽은 사람이 누워 있는데도 무섭지 않은가 보다. 옆집 할머니가 죽었으니 그 할머니는 귀신이 되었을지도 모르는데. 나는 할머니한테 무섭겠다는 말은 할 수가 없었다. 할머니 혼자 있는데 괜히 그 말을 하면 할머니가 더 무서워할 테니까.

"쭈글쭈글 빈 껍데기 훌훌 털고 나비처럼 하늘로 갔으니 더 좋제. 허리도 무릎도 안 아프고 말이여."

할머니는 죽는 게 하나도 무섭지 않은 것 같았다.

"할머니, 할머니. 허리 많이 아파? 허리 많이 아파도 죽을 생각은 하지 마. 알았지?"

"허허허허. 우리 손녀가 할머니 죽을까 봐 걱정하는 겨? 걱정 말어. 그리고 아까 네가 말한 거 말이여. 이 할미는 믿어. 암, 믿고 말고."

할머니는 또 껄껄껄 웃었다.

아흐. 괜히 산장 귀신 얘기를 했나보다. 그런데 이

상하다. 할머니가 내 말을 믿는다고 했는데도 하나도 기분이 좋지가 않았다. 아니, 할머니가 오히려 내 말을 안 믿는다고, 귀신이 어디 있느냐고 해야 기분이 좋아질 것 같았다. 참, 내 마음 나도 모르겠다.

할머니, 할아버지만 사는 마을

우리 가족은 산길에서 나와, 그 다음부터는 주욱, 큰길로만 갔다.

차가 큰 도로로 나오니 기분이 좋았다. 창밖을 보고 있으니 졸음이 밀려왔다. 새벽에 일어나서 화장실 사건을 겪느라 잠을 못 자서 그렇다. 꾸벅, 고개를 떨 어뜨리다가 놀래서 잠이 깼지만 금방 또 졸음이 쏟아 졌다. 어제 밤에 잠을 못 자고 귀신한테 시달려서 음 냐음냐…….

할머니가 죽었다. 이천 외할머니가.

우리는 헐레벌떡 할머니 집으로 들어갔다. 할머니는 이미 방에 누워서 썩어 가고 있었다. 얼굴을 알아볼 수가 없었다. 할머니가 좋아하는 분홍색 조끼가 할머니라는 것을 알게 해 주었다. 그런데 우리 가족은 슬퍼하거나, 눈물을 흘리며 울지도 않았다.

누워 있는 할머니에게서 은은한 꽃향기가 났다. 냄새가 좋았다. 순간 할머니는 아주 깨끗하고 밝은 얼굴로 변했다. 우리는 할머니를 부축해서 할머니가 타고 갈 은 마차에 할머니를 실었다. 할머니는 웃으며 말했다.

"여기까지여. 다음부터는 누구도 함께 갈 수 없지. 다른 건 다 같이 할 수 있지만 죽는 것만은 나 혼자 해야 혀."

할머니는 은 마차를 타고 멀리 있는 빛 속으로 날아갔다. 첫 닭이 울기 전 새벽이었다.

우리 가족은 할머니가 올라가는 것을 보고 할머니 집으로 다시 돌아왔다. 그 마을은 할아버지, 할머니들만 사는 마을이었다. 젊은 사람들은 한 명도 없었다. 마을 위로 해가 뜨기 시작했다. 그런데 공중에 수평선처럼 생긴 선이 보이더니 그 위에 구름이 떠 있는 게 보였다. 구름 사이사이에는 아름다운 꽃이 피어 있었다. 그 구름 위에 눈부시게 빛나는 성이 있었다.

마을에 있는 할머니와 할아버지들은 그 성으로 가기 위해 은 마차를 타려고 집 앞에 나와 서 있었다. 우리 할머니가 타고 갔던 은 마차보다 큰 거였다. 온 마을에 있는 할머니와 할아버지가 모두 은 마차에 올라타자 은 마차는 부웅 하늘로 떠서 그 성으로 천천히 올라갔다.

마을은 갑자기 텅 비어 버렸다.

우리는 아무도 살지 않는 마을에서 무엇을 할까, 고민했다. 우리 가족은 꼬불꼬불 산길을 따라 내려갔다. 그런데 갑자기 땅이 물컹거리더니 갈라지기 시작했다. 우리들은 그만 땅 속으로 떨어지기 시작했다.

'엄마-아!'

나는 눈을 떴다. 꿈이었다. 우리 차는 막 지하 차도

안으로 들어가고 있었다.

"휴우, 죽는 줄 알았네."

엄마는 통화 중이었다.

"별일 없어요?"

"……."

"시은이가 아까 전화했다고요? 나보다 손녀가 효
녀네요."

"……."

"네, 엄마. 그럼 또 전화할게요. 몸조심하시고."

"아픈 데는 없으시대?"

빨간 신호등 때문에 기다리고 있던 아빠는 기지개
를 켜며 물었다.

"네. 옆집 할머니가 돌아가셨대요. 그래서 기분이
그런가 봐."

"장모님 건강 신경써 드려."

"그래야지요."

이천 할머니는 친한 친구가 한 명 없어져서 슬프겠다. 할머니가 나한테는 하나도 안 슬픈 척했지만 속으로는 그럴 거다. 옆에 할머니가 있었다면 할머니 쭈글쭈글한 손을 잡아 줬을 텐데.

잘 찾아봐, 다시 못 가

우리 차는 큰길로만 달려서 동해 바닷가에 도착
했다.

탁, 트인 바다를 보니 어제 기분 나빴던 것도 다 잊
어버렸다. 점심을 먹으려고 식당 주차장에 들어설 때
였다.

"엄마—, 내 목걸이."

정은이가 목을 만지면서 말했다. 정은이 미아 방지
용 금 목걸이가 없어졌다. 비싼 거다.

"잘 찾아봐."

엄마가 직접 다 뒤져 보았지만 금 목걸이는 나오지 않았다.

"여보! 코펠 뚜껑도 없어요."

엄마가 짐을 뒤지다가 말했다.

"저런 정신머리하고는. 그 산장에 두고 왔지, 뭐."

아빠가 투덜댔다.

"이제 거기가 어디인지 몰라서 돌아갈 수도 없고……. 너무 멀리 왔어. 참, 여보 거기 할머니하고 전화한 거 핸드폰에 찍혀 있을 거 아냐. 그거 찾아봐."

엄마는 핸드폰을 뒤지더니 산장 전화번호를 꾹, 눌렀다. 그리고는 아빠를 바꿔 주었다. 나는 조마조마했다. 심장이 콩알만 해졌다.

'그런 번호는 없습니다ㅡ. 다시 걸어 주시기 바랍니다ㅡ.'라고 할 것만 같았다. 그럼 우리는 진짜 옛날 이야기에 나오는 것처럼 무덤 옆에서 자고 온 나그네가 되는 거다.

하지만 다행히 그런 일은 일어나지 않았다. 그 '힐밍 산장' 할머니하고 통화가 되었으니까. 아빠가 그 힐밍 할머니와 전화 통화를 했다.

"저…… 할머니. 저희가 뭐 놓고 온 게 있어서 말입니다."

"……."

"아, 예. 거기 있었군요."

"……."

"그럼 어떻게 받아 갈까요? 저희가 다시 갈 수는 없을 것 같습니다만."

"……."

"예. 그럼 그렇게 해 주시면 고맙겠네요. 그리고 할머니 계좌 번호를 불러 주세요."

"……."

"아니에요. 할머님. 그럴 수는 없습니다. 어제도

꽁짜로 묵었잖아요. 예 예. 택배 보내실 때 계좌 번호 적어서 보내 주세요. 저희 주소는요, 서울시……."

우리 주소를 가르쳐 주는 걸 보니 그 할머니가 집으로 보내 주신다고 했나 보다.

"할머니가 어차피 택배 비 드는 거니 감자를 함께 보내 주시겠대. 감자 상자에 코펠 뚜껑하고, 목걸이하고 같이 넣어서 보내신대. 감자 값을 한사코 안 받으시겠다는 걸 간신히 설득했어."

고마워하는 아빠 마음이 얼굴에 다 나타났다.

"어제 감자랑 고구마를 가지고 방에 오셨을 때는 우리한테 그거 팔아서 바가지 씌우는 줄 알았지 뭐예요. 그래서 기분이 별로였어요. 자꾸 우리 주위를 맴돌고 그래서 짜증도 났었어요. 알고 보니 그런 고약한 분들이 아니더라고요. 두 분만 계셔서 적적해하시다가 우리가 오니 말을 하고 싶어서 그랬던 건데……. 그것도 모르고 괜히 내가 오해만 한 거죠."

미안해하는 엄마 마음이 얼굴에 다 나타났다.

다행이다. 그 귀곡 산장이 진짜로 거기 있어서.

거기에 정은이 금 목걸이가 있어서.

코펠 뚜껑도 있어서.

그럼 우리가 귀신에 홀렸다가 내려온 거는 아니
니까.

휴우―.

나를 따라온 감자

우리는 2박 3일의 휴가를 마치고 무사히 집으로 왔다. 휴가 때 엄마가 욕 쓴 것은 합쳐서 두 번밖에 안 되니 벌칙을 주지 않기로 했다. 김포 할머니한테 이르는 것 말이다. 이번만 봐주기로 했다.

엄마가 없으면 내가 무서울 때 큰일 난다. 그러니 엄마가 김포 할머니한테 혼나지 않고 잘 지내는 것이 좋겠다. 엄마는 휴가를 다녀와서 내 말을 중간에 잘라먹는 일이 줄어들었다. 그것도 좋은 일이다.

그리고 일주일이 지난 뒤 택배가 하나 도착했다.
강원도 그 '힐밍 산장'에서 보낸 택배.

"엄마! 엄마! 귀곡 산장에서 감자가 왔어!"

"뭐라고?"

"감자가 왔다고!"

"네가 싸인해!"

엄마는 목욕을 하느라 내가 현관문을 열고 택배 아저씨한테 싸인을 했다. 엄마는 목욕탕에서 박스를 열어 보라고 소리를 질렀다. 감자 박스를 열어 보니 코펠 뚜껑과 비닐에 싸인 금 목걸이가 들어 있었다. 은행계좌 번호가 적혀 있는 종이는 안 나왔다.

엄마가 목욕을 마치고 나왔다. 엄마는 감자 박스를 이리저리 뒤지더니 말했다.

"감자 값을 보내야 하는데, 은행 계좌 번호를 안 보내셨네. 어? 이게 뭐야?"

엄마는 코펠 뚜껑 밑에 있던 종이를 꺼내 펼쳐 보았다.

서울서 오신 냥반들에게.

노코 가신 물건들 함께 보내오.

아주 잠깐 우리 집애 머물다간 손님이지만

조용한 집애 누가 오니

우리는 아주 조아따우.

우리 할아범도 내두 말이유.

사람들이 집에 있으니 마음 든든하고 조아써.

감자 보내니 돈 부칠 생각하지 마소.

다음애 꼭 한 번 더 들리시우.

-할망 산장에서-

틀린 글자들이 많았지만 고마웠다. 우리들이 의심
이나 잔뜩 하고 왔는데 좋았다니. 미안한 마음이 들

었다. 엄마는 감자까지 공짜로 얻어서 그런지, 얼굴이 더 환해졌다.

"숙박비 지출도 줄고, 감자까지 공짜로 얻었으니 이제 우리 딸내미 수영복 하나 사야겠네."

"야호!"

나도 모르게 소리를 질렀다. 감자 덕분에 드디어 수영복을 살 수 있게 되었다. 감자가 수영복을 사 주려고 나를 따라온 것 같았다.

엄마가 활짝 웃었다. 나도 따라 웃었다. 엄마는 편지를 눈으로 다시 읽어 보면서 전화기를 들었다. 외할머니네 전화를 하는 거다. 힐밍 할머니 편지를 보니 나도 이천 외할머니가 보고 싶어졌다.

"엄마, 별일 없지요?"

엄마는 혼자 계시는 외할머니가 갑자기 걱정이 되었나 보다.

"엄마, 무슨 일 있으면 빨리 전화하시고요. 그리고

다음 주에 꼭 찾아뵐게요. 어디 아픈 데는 없어요?"

엄마의 머리카락에서 물방울이 뚝, 떨어졌다.

까미의 까만 눈에 물방울이 또 투둑, 떨어졌다.

"엄마! 머리 물 좀 잘 닦아! 까미 다 젖겠어! 엉터리 엄마 같으니라고."

"뭐라고?"

엄마가 수건으로 물기를 닦다 말고 물었다.

"흠흠. 아니야. 아무것도."

다음 날 학원에서 돌아올 때였다. 어떤 할머니가 나에게 다가와 물었다. 허리는 꼬부랑 할머니인데 머리는 완전 까만색이었다. 분명히 흰 머리카락을 감추려고 가발을 썼을 거다.

"애야. 시외 버스터미널이 어디냐? 여기 근처라는디. 나 좀 데려다주지 않으련? 내 눈이 어두워서 그라는디……."

나는 순간 망설인다.

이 낯선 할머니 손을 잡고 길을 가르쳐 드려야
하나?

아니면 모른 척하고 그냥 가야 하나?

요즘에는 할머니 유괴범도 많다고 하는데…….

까미한테도 물어볼 수가 없다. 집에 놓고 왔으
니까.

그런데 그날 밤, 화장실에서 내가 본 건 무엇이었
을까?

작가의 말

　몇 년 전, 강원도 쪽으로 가족 여행을 갔을 때 일이었
다. 여름 성수기여서 우리는 잠잘 곳을 찾느라 애를 먹었
다. 시골에는 젊은 사람들이 별로 없었다. 한 마을에서
젊은 축에 드는 사람들도 60세가 넘는 분들이 많았다.

　우리는 이상한 산장에 가서 하룻밤을 묵었다.

　여행은 현재의 나를 조금쯤 벗어 버리고 새로운 나
를 만날 수 있는 방법 중 하나이다.

낯선 장소, 낯선 시간, 낯선 사람들을 만나면서 내 안에 생기는 생각과 감정, 감각을 느낄 수 있는 방법.

처음 갔던 그곳에서 문득, 시골이 늙어 가고 있다 는 것을 피부로 느낄 수 있었다. 좋은 말로 하면 아주 한적해졌다고나 할까.

가끔 우리처럼 찾아오는 젊은 사람들을 빼면 시골 은 점점 늙어 가고 있었다. 그곳에 사는 할머니, 할아 버지들의 외로움 같은 것들도 점점 크게 느껴졌다.

결국 죽음까지도 스스로 혹은 홀로 겪어 내야 하는

것들로 변해 버렸다.

　도시 사람들은 사람들끼리 서로 믿고 의지하며 사
는 것보다 서로를 의심하고, 경계하는 경우가 많다.
앞집, 뒷집 서로 얼굴도 모르고 지내는 경우도 많다.
　요즘은 또 얼마나 사건 사고가 많이 일어나는가.
　어린이들한테도 모르는 사람이든 아는 사람이든
'사람'을 조심하라고 가르친다.
　아무나 따라가면 안 된다고 한다.
　공동체가 무너진 사회의 슬픔.

우리가 무언가에 대해 믿고 신뢰할 수 있는 건 어디까지일까? 그것이 사람이든 눈에 보이지 않는 초자연적인 자연현상이든.

보이는 것 너머의 것들을 보는 능력이 점점 사라져 간다.

다른 사람들의 친절이나 호의조차 그 자체만으로 받아들여지지 않는 삶.

어쩌면 어린이들도 우리 어른들의 닫힌 마음을 점점 닮아 가고 있는 것은 아닌지.

창피하고 미안할 뿐이다.

2016년 6월, 정승희